KB184197

인기 팡팡 인싸 반지

인기 짱짱 인싸 반지

송승주 글 ㅣ 간장 그림

천개의 바람

작가의 말

 혹시 여러분은 인기가 많은 친구를 부러워한 적이 있나요? 만약 그렇다면 '마법의 반지 자판기'에서 파는 '인기 팡팡 인싸 반지'에 관심이 많겠군요. 이 반지를 끼면 수줍음이 많아 먼저 말을 잘 걸지 못하는 사람도, 친구들 사이에서 인기가 아주 많은 '인싸'로 만들어 준대요. 정말 신기하죠? 저는 꽤 오래 전부터 '마법의 반지 자판기' 주인을 찾고 있었는데, 이제 드디어 찾을 수도 있을 것 같아요. 책을 읽으면 여러분도 누구일지 짐작할 수 있을 거예요.

 수연이에게 '인기 팡팡 인싸 반지'를 샀다는 얘기를 듣고 아주 궁금했어요. 수연이는 뭐든 뚝딱뚝딱 잘 만들고 야무진 친구라서 아무런 고민이 없을 줄 알았어요. 저는 학교 다닐 때, 친구들 사이에서 인기가 많은 친구들을 조금 부러워했는데 수연이도 아마 저랑 비슷한 마음이었나 봐요. 도대체 '인기 팡팡 인싸 반지'를 산 수연이에게 어떤 일이 일어났을까요? 때마침, 수연이가 여러분에게 편지를 보냈어요.

'마법의 반지 자판기' 주인을 알쏭달쏭 알 것도 같은

송승주

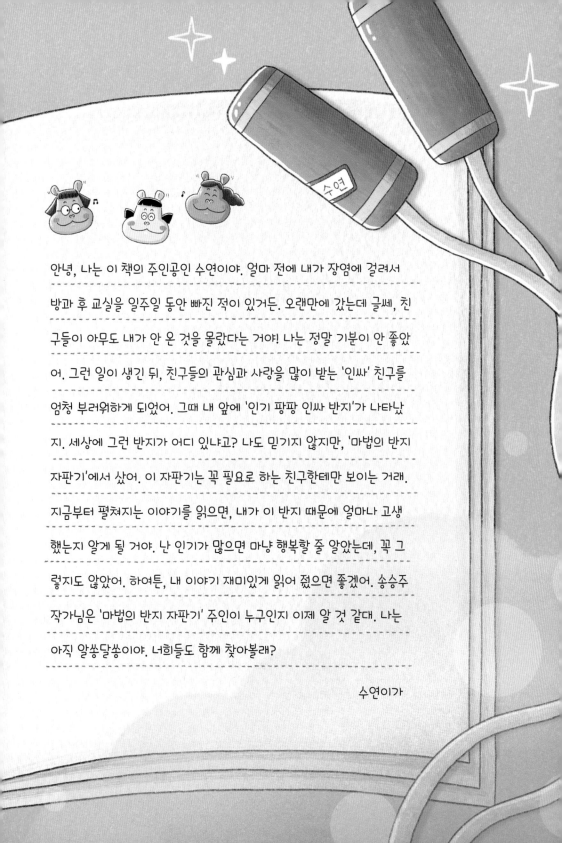

안녕, 나는 이 책의 주인공인 수연이야. 얼마 전에 내가 장염에 걸려서

방과 후 교실을 일주일 동안 빠진 적이 있거든. 오랜만에 갔는데 글쎄, 친

구들이 아무도 내가 안 온 것을 몰랐다는 거야! 나는 정말 기분이 안 좋았

어. 그런 일이 생긴 뒤, 친구들의 관심과 사랑을 많이 받는 '인싸' 친구를

엄청 부러워하게 되었어. 그때 내 앞에 '인기 팡팡 인싸 반지'가 나타났

지. 세상에 그런 반지가 어디 있냐고? 나도 믿기지 않지만, '마법의 반지

자판기'에서 샀어. 이 자판기는 꼭 필요로 하는 친구한테만 보이는 거래.

지금부터 펼쳐지는 이야기를 읽으면, 내가 이 반지 때문에 얼마나 고생

했는지 알게 될 거야. 난 인기가 많으면 마냥 행복할 줄 알았는데, 꼭 그

렇지도 않았어. 하여튼, 내 이야기 재미있게 읽어 졌으면 좋겠어. 송승주

작가님은 '마법의 반지 자판기' 주인이 누구인지 이제 알 것 같대. 나는

아직 알쏭달쏭이야. 너희들도 함께 찾아볼래?

수연이가

차례

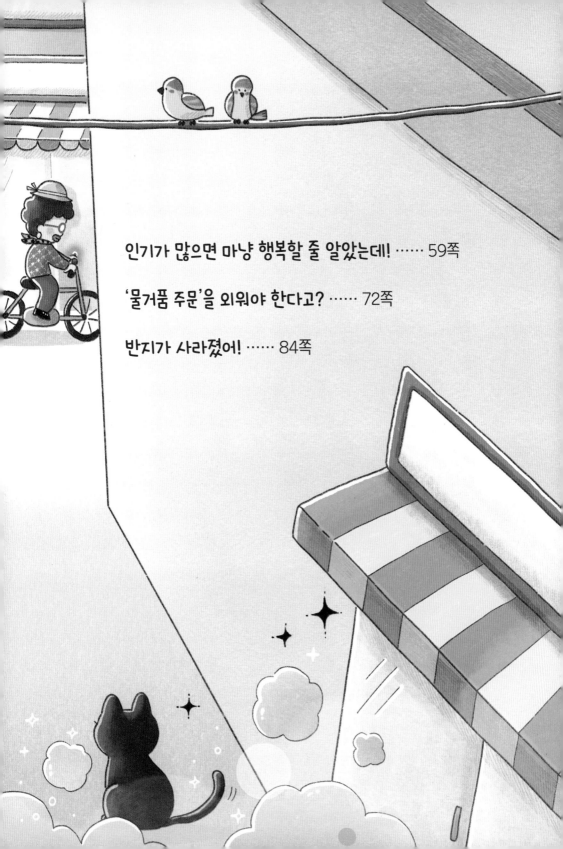

내가 안 온 것도 몰랐단 말이야?

수연이는 오랜만에 방과 후 방송 댄스 교실을 가려고 계단을 올랐어요. 정확하게는 일주일 만에 가는 거예요. 지난주 내내 장염에 걸려 고생을 했거든요. 수연이는 설레는 목소리로 중얼거렸어요.

"교실에 들어가면 친구들이 반가워하겠지?"

예전에 예나가 아파서 방송 댄스 교실을 빠졌을 때 친구들은 예나를 엄청 걱정했어요. 예나가 방송 댄스 교실에 다시 왔을 때 친구들은 모두 반가운 표정으로 말했어요.

"예나야, 이제 괜찮아?"

"예나야, 많이 아팠어?"

그리고 예나가 없어서 심심했다는 친구들도 있었어요. 어떤 친구들은 예나가 없는 동안 배운 춤 동작을 친절하게 알려 주기도 했어요.

수연이도 친구들의 그런 관심을 잔뜩 기대하고, 방송 댄스 교실 문을 활짝 열었어요. 그런데 다들 힐끔 수연이를 한 번 보고 각자 하던 일을 했어요. 문 옆에 있던 한빈이만 수연이를 보고 웃으며 손을 흔들어 주었어요. 수연이는 일부러 친구들 사이를 지나며 인사했어요.

"얘들아, 안녕! 오랜만이야!"

친구들은 수연이를 마치 어제도 본 것처럼 대했어요. 아이들의 맹숭맹숭한 반응에 수연이는 서운했어요. 그래서 맨 처음 손을 흔들어 인사해 준 한빈이 옆으로 가서 말했어요.

"한빈아, 있잖아. 나 되게 오랜만에 방송 댄스 교실 오는 거야. 지난주 내내 장염 때문에 고생했거든."

그러자 한빈이가 눈을 동그랗게 뜨고 물었어요.

"어? 그랬어? 너 지난주에 안 왔구나. 몰랐어. 참, 그런데 예나는 왜 안 와?"

수연이는 한빈이 말에 말문이 턱 막혀 생각했어요.

'일주일이나 빠졌는데, 내가 없는 것도 몰랐다니! 홍, 나한테는 관심 없고 예나만 궁금한가 봐.'

수연이는 입을 삐죽 내밀며 말했어요.

"몰라! 내가 어떻게 알아!"

한빈이가 고개를 갸우뚱하며 대답했어요.

"너, 예나랑 친한 거 아니었어?"

수연이는 수업 내내 시무룩했지요. 수업을 마치자, 재빨리 교실 밖으로 나갔어요. 1층으로 내려오는데, 보라가 서 있었어요.

같이 가~

수연이는 섭섭한 마음을 보라한테 털어놓고 싶었어요. 그런데 보라마저 이렇게 말하는 거예요!

"수연아, 예나는 왜 안 내려와?"

수연이는 화가 나 짜증스럽게 대답했어요.

"예나는 예방 주사 맞으러 간다고 일찍 갔어! 왜 다들 예나만 찾는 거야!"

수연이가 토라져서 빠른 걸음으로 가자, 보라가 뒤따라오며 말했어요.

"수연아, 같이 가. 나는 그냥 궁금해서 물어본 거야. 화났어? 왜 화 난 거야?"

수연이는 그제서야 걸음을 멈추고, 보라를 보았어요.
생각해 보니 보라한테 화 낼 일은 아니었어요.

함께 집으로 가는 길에, 수연이는 방송 댄스 교실에서
있었던 일을 보라한테 이야기해 주었어요. 듣고 있던 보
라가 말했어요.

"예나가 '인싸'라서 그런 거야."

수연이는 보라를 보며 물었어요.

"인싸? 인싸가 뭐야?"

그러자 보라가 다시 말을 이었어요.

"우리 사촌 언니한테 들었는데, 친구들의 관심과 사랑

우진아, 놀자~!

을 한 몸에 받는 사람을 '인싸'라고 한대. 영어 '인사이더'의 준말이래. 난 그 인싸라는 말을 듣고, 예나가 생각났어. 예나는 쉬는 시간에도 늘 친구들에 둘러싸여 얘기하잖아. 그리고 예나는 애들이 하는 얘기에 반응도 엄청 재미있게 잘해 주고. 예나는 아마 인싸라서, 안 오면 애들이 그렇게 찾나 봐."

그때 마침, 맞은편에서 시끌벅적한 소리를 내며 아이들이 오고 있었어요. 그 가운데에는 5반 정우진도 있었어요. 보라가 정우진을 보며 작은 소리로 말했어요.

"저기 진짜 인싸 정우진이네. 정우진 쟤는 키도 크고 운동도 잘하고, 성격까지 활발해서 원래 애들한테 인기가 많았어. 지난주에 쟤가 세운 2단 줄넘기 쌩쌩이 기록이 최고래. 점심시간마다 애들이 쟤한테 도전하는데, 여태 이긴 애가 없대. 진짜 대단하지?"

수연이랑 보라가 이야기하는 동안, 정우진과 아이들은 그 옆을 지나쳤어요. 주변의 아이들은 정우진이랑 친해지고 싶어 하는 것 같았지요. 수연이는 정우진을 부러운 듯 쳐다보았어요. 보라랑 함께 집으로 돌아오는 길에 수연이가 말했어요.

"어떻게 하면 인싸가 되는 거야?"

"음, 글쎄…. 정우진이랑 예나는 둘 다 운동을 잘해. 그리고 성격이 활발해. 그러니까 운동을 잘하고 성격이 활발하면 인싸가 되는 게 아닐까?"

보라 말에 수연이가 한숨을 쉬며 말했어요.

"그럼 난 인싸는 못 되겠네. 운동을 잘 못하니까."

그러자 보라도 덩달아 한숨을 쉬며 대답했어요.

"에휴, 그럼 나도 안 되겠네."

어느덧 보라네 아파트 입구까지 왔어요. 보라는 방긋
웃으며 말했어요.

"이따 피아노 학원에서 다시 만나. 나도 빨리 갈게."

보라는 빠른 걸음으로 아파트 현관문 안으로 들어갔
어요. 그런 보라 뒷모습을 보며 수연이가 중얼거렸어요.

"친구들의 관심과 사랑을 한 몸에
받는 인싸, 나도 되고 싶다."

소원이라 ···.

집으로 돌아온 수연이는 간식을 먹으며 너튜브를 보았지요. 수연이 엄마는 간식 먹을 때 너튜브를 잠깐 보는 건 허락해 주시거든요. 요즘 수연이가 즐겨 보는 너튜브 채널은 '반지 요정에게 소원을 말해 봐!'에요. 요정이라고 하면 뭔가 특별해야 할 것 같은데, 반지 요정은 뽀글뽀글 파마머리에 붉은 뿔테 안경을 쓴 평범한 아줌마예요. 그리고 손가락에는 붉은 앵두 모양의 보석이 박힌 반지도 끼고 있어요. 반지 요정 옆에는 늘 검정 고양이가 있어요. 윤기 나는 검정 털에 푸른 눈동자를 가진 고양이는 이름이 가락지예요. 구독자들의 소원을 볼 때 반지 요정은 검정 고양이 가락지에게 이렇게 말해요.

"락지, 락지, 가락지야, 소원을 보여 주렴."

반지 요정 말에 대답이라도 하듯 가락지는 '야옹, 야옹' 두 번 울어요. 그러면 놀랍게도 가락지 옆에 있던 커다랗고 동그란 수정 구슬에서 환한 빛이 나와요. 그리고 수정 구슬은 소원을 비는 구독자의 모습을 비춰 줘요. 물론 그런 건 다 컴퓨터 그래픽으로 만드는 거겠지요. 그 정도쯤이야 수연이도 알아요.

그리고 그 소원이라는 것도 거창한 건 아니에요. 이를 테면 이런 것이에요.

"반지 요정님, 다음 주면 우리 아빠 생신이에요. 아빠께 드릴 생일 케이크를 만드는 게 소원이에요. 어떻게 하면 근사한 케이크를 쉽게 만들 수 있을까요?"

이렇게 소소한 소원을 빌면, 반지 요정은 소원이 이루어지도록 도와주는 거예요. 아이들이 쉽게 만들 수 있는 케이크 만드는 방법을 알려 주는 단순한 내용인데도, 보고 있으면 은근히 재미있어요.

그런데 아까부터 수연이 머릿속에 인싸라는 말이 떠나질 않아요. 수연이도 반지 요정에게 소원을 말해 보고 싶은 생각이 들었지요. 수연이는 화면 속 '반지 요정'을 보며 말했어요.

"반지 요정님, 친구들의 관심과 사랑을 받는 인싸가 되는 게 소원이에요."

화면 속 너튜버 반지 요정이 들을 리가 없지요. 다들 반지 요정에게 할 말이 있으면 메시지를 보내거나 댓글을 달아서 소원을 말하거든요. 화면 속 반지 요정은 폭신한 빵에 생크림만 바를 뿐이에요. 그때 수연이 엄마가 주방에서 수연이를 불렀어요.

"수연아, 우유도 가져가야지!"

수연이가 동영상을 잠시 정지시켜 놓았어요. 정지 화면 속 반지 요정은 입을 꼭 다물고 앞을 보고 있어요. 수연이가 우유 컵을 가지러 방 밖으로 나갔어요. 그런데 그때, 반지 요정의 손가락에 낀 반지의 앵둣빛 보석이 붉게 빛났어요. 그러자 정지 화면이어서 눈도 깜박하지 않던 반지 요정이 빙그레 웃으며 말했어요!

"수연이 소원도 들어줄게요."

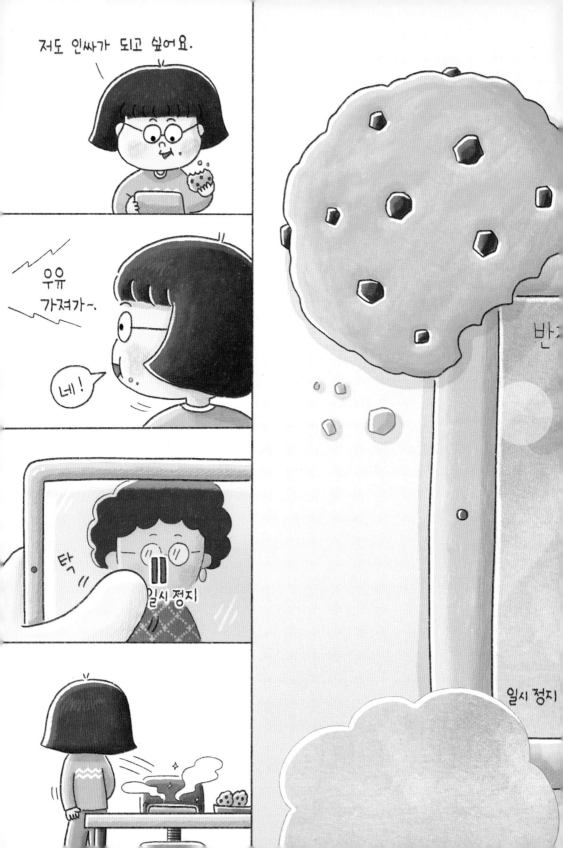

새로 생긴 자판기 가게

수연이는 집을 나와 피아노 학원으로 가고 있었어요. 그때 어디선가 '야옹, 야옹' 하며 고양이 소리가 들렸어요. 수연이가 뒤를 돌아보자, 빨간 뿔테 안경을 낀 통통한 아줌마가 걸어오고 있었어요. 아줌마는 어딘가 낯이 익어요. 아줌마를 보던 수연이 눈이 동그랗게 커졌어요.

'저 아줌마……, 너튜버 '반지 요정' 아니야?'

수연이가 아줌마를 빤히 보자, 아줌마가 빙그레 웃으며 말했어요.

　"얘, 이 부근에 새로 생긴 자판기 가게가 어디 있는지
아니? '꿀맛 빵집' 옆이라던데."

　수연이가 아줌마를 빤히 보며 말했어요.

　"어…… 자판기 가게는 모르고요. 꿀맛 빵집은 알아
요. 꿀맛 빵집은 쭉 가서서 오른쪽 골목길로 들어가시면
돼요. 그런데…… 혹시 아줌마, 반지 요정 아니에요?"

　아줌마는 묻는 말에 대답은 않고 빙그레 웃으며 말했
어요.

바람로 →

　"꿀맛 빵집 옆에 새로 생긴 자판기 가게에 가 보렴. 좋은 일이 있을 거야. 안녕!"

　아줌마가 손을 흔들었어요. 그러자 순간, 아줌마의 손가락에 낀 반지에서 붉은 빛이 뿜어져 나왔어요.

　"어! 저 반지는……."

　어느새 아줌마는 사라지고 없었어요. 수연이는 뭔가

에 홀린 듯 얼떨떨했어요. 은행나무 옆을 지나칠 때, 수
연이는 골목 안을 물끄러미 보았지요. 아줌마 말대로 새
로 생긴 가게가 있었어요. 호기심이 생긴 수연이가 골목
안으로 들어갔어요.

번쩍번쩍 화려한 간판에 불이 들어왔어요. 마치 놀이
동산처럼 신나는 노래도 울려 퍼졌지요.

"우와, 이런 게 다 생겼네."

수연이는 별별 자판기 가게 안으로 들어갔어요. 가게
안에는 정말 이름대로 별별 자판기가 다 있었어요. 흔히
보는 과자, 사탕, 음료수, 장난감 자판기는 물론이고 아
이스크림, 떡볶이, 도넛, 햄버거 자판기까지 있었어요.
둘러보던 수연이 눈에 특이한 자판기가 보였어요. 커다

란 별 모양 자판기였어요. 자판기 위쪽 디지털 화면에는 '마법의 반지 자판기'라고 쓰여 있었어요. 수연이가 가까이 가자, '빰빠라 빰 빰빰빰 빰빠라빰' 하며 트럼펫 소리가 났어요. 그러고는 별 모양 자판기에서 눈이 부실 만큼 환한 빛이 들어오더니 명랑한 노랫소리가 들렸어요.

"골라 봐, 골라 봐! 마법의 반지 자판기, 반지만 끼면 인기 팡팡!"

수연이가 자판기 안을 들여다보자, 투명한 자판기 안에는 여러 가지 모양의 반지가 있었어요. 그중에서도 수연이의 눈길을 끄는 반지가 있었어요. 투명한 초록빛 고리에 분홍색 별 모양 보석이 박힌 반지였어요. 반지 아래 네모난 종이에 조그맣게 글씨가 적혀 있었어요.

인기 팡팡 인싸 반지 - 500원

수연이는 주머니 안에 손을 넣었어요. 오백 원짜리 동

전이 손에 잡혔어요. 수연이가 동전을 꺼내며 중얼거렸어요.

"정말 이 반지를 끼면 인싸가 될까?"

수연이는 친구들에게 둘러싸인 자신의 모습을 상상해 보았어요. 생각만 해도 기분이 좋았어요. 수연이는 망설임 없이 동전을 자판기에 딸깍 넣고 선택 단추를 꾹 눌렀어요. 그러자 '인기 팡팡 인싸 반지' 칸이 반짝반짝 빛나며 '띠용띠용띠용띠용' 하는 소리가 크게 들렸어요. 수연이가 양손으로 귀를 막으며 말했어요.

"우와! 소리가 엄청 요란하네."

시끄러운 소리가 멈추자, 덜컹 하고 뭔가 떨어지는 소리가 났어요. 수연이가 반지 나오는 곳에 손을 넣으니, 조그만 반지 상자가 잡혔어요. 조심조심 상자 뚜껑을 열자, 반지의 별 모양 보석이 분홍빛으로 빛났어요.

"우와, 예쁘다!"

수연이는 '인기 팡팡 인싸 반지'를 손가락에 끼웠어요. 반지는 손가락에 딱 맞았어요. 빈 반지 상자 뚜껑을 닫으려는데, 뚜껑 안쪽에 끼워져 있던 종이가 툭 떨어졌어요.

"이게 뭐지? 어, 마법의 '인기 팡팡 인싸 반지' 사용법? 설명서 같은 건가?"

설명서에는 이렇게 적혀 있었어요.

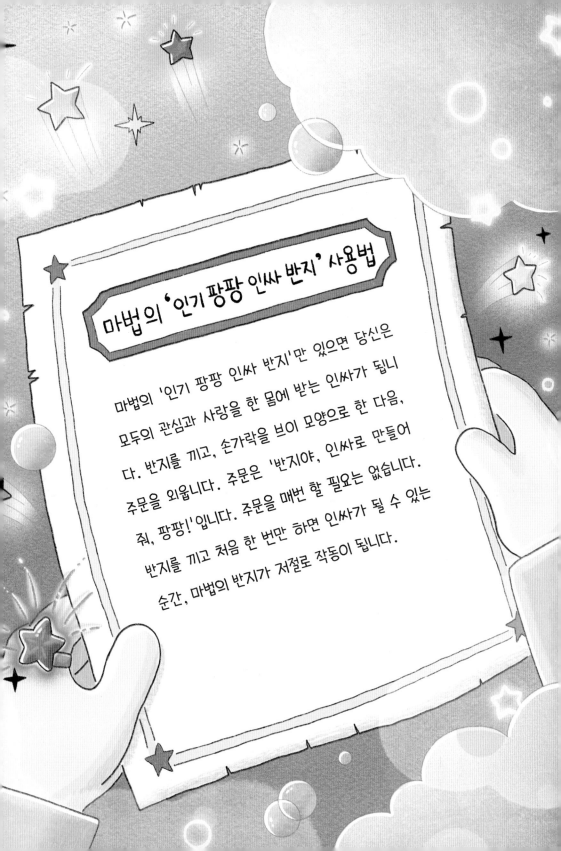

마법의 '인기 팡팡 인싸 반지' 사용법

마법의 '인기 팡팡 인싸 반지'만 있으면 당신은 모두의 관심과 사랑을 한 몸에 받는 인싸가 됩니다. 반지를 끼고, 손가락을 브이 모양으로 한 다음, 주문을 외웁니다. 주문은 '반지야, 인싸로 만들어 줘, 팡팡!'입니다. 주문을 매번 할 필요는 없습니다. 반지를 끼고 처음 한 번만 하면 인싸가 될 수 있는 순간, 마법의 반지가 저절로 작동이 됩니다.

반지야, 인싸로
만들어 줘, 팡팡!

수연이는 설명서를 읽다
말고, 반지 낀 손가락을 브이
모양으로 만들며 말했어요.

"반지야, 인싸로 만들어 줘, 팡팡!"

그러자 별 모양 보석이 분홍빛으
로 빛나며 반지가 차가워졌어요.

"어, 반지가 차가워진 것 같은데?"

수연이는 손가락을 쫙 펴서 반지를 보았어요. 반짝이
는 반지를 보니 기분이 좋아졌어요. 살그머니 주먹을 쥔
채 콧노래를 부르며 피아노 학원으로 갔어요.

피아노 학원에 빨리 오겠다던 보라는 수업이 다 끝나
가도록 오지 않았어요. 수연이는 선생님이 연습하라고
했던 것보다 더 많이 연습하며 보라를 기다렸지요. 한참
뒤 보라가 헐레벌떡 들어왔어요.

"수연아, 언제 왔어?"

"보라야! 왜 이제 와? 나 다 끝나 가는데."

"미안 미안, 집에 있으니까 시간이 금방 가는 거 있지. 나 좀만 기다려 줘. 대신에 내가 떡볶이 사 줄게. 응?"

"아이, 정말. 알았어."

수연이는 보라를 기다리기로 했어요. 피아노 학원 소파에는 늦게 와서 자기 차례를 기다리는 친구들이 앉아 있었지요. 아이들은 '하마 요리사의 요리 과학 시리즈'를 읽고 있었어요.

"하마 요리사의 요리 과학 시리즈 몇 권 읽고 있어?"

"난 3권. 너 읽고 있는 건 몇 권이야?"

"나 4권인데. 아이, 5권은 없나?"

'하마 요리사의 요리 과학 시리즈'는 수연이네 학교 친구들에게 아주 인기 좋은 만화예요. 수연이는 집에 시리즈 전권이 다 있어요. 수연이처럼 전권이 다 있는 친구들은 많지 않아요. 이미 다 본 책이지만, 수연이도 다른 친구들처럼 다시 읽으며 보라를 기다렸어요. 한참을 읽고 있는데, 보라가 와서 말했어요.

"수연아, 끝났어. 이제 떡볶이 먹으러 가자."

보라와 수연이는 떡볶이 가게로 가고 있었어요.

그런데 아이들이 우르르 학교 운동장으로

들어갔어요.

"어? 무슨 일이지?"

보라가 궁금한 듯 아이들 중 한 명한테 물었어요.

"다들 왜 학교 운동장으로 가?"

"지금 3반 강한이가 정우진한테 쌩쌩이 도전장을 던졌
대. 강한이도 엄청 실력자거든. 그래서 애들이 진짜 재
미있겠다며 다들 구경 가는 거야."

그 말에 보라도 덩달아 신이 나서 수연이에게 말했어요.

"수연아, 우리도 구경 가자. 이거 보고 떡볶이 먹으러
가도 되잖아. 괜찮지?"

수연이와 보라는 아이들 뒤를 따라 운동장으로 갔어
요. 운동장에는 이미 정우진과 강한이가 줄넘기를 손에
들고 서 있었어요. 구경 간 아이들은 자연스럽게 운동장

스탠드 옆 계단에 앉아 둘을 응원했어요. 정우진과 강한
이 사이에 어떤 아이가 서서 말했어요.

"내가 시작이라고 하면 둘이 동시에 시작하는 거야. 나
는 시작과 동시에 스톱워치를 켤게. 자, 준비하고 시~작!"

시작 소리와 함께 둘의 2단 뛰기 쌩쌩이가 시작되었어
요. 두 사람의 '윙윙' 줄 돌아가는 소리가 마
치 영화에 나오는 무사의
칼 휘두르는 소리처럼
매서웠어요. 어떤 아
이들은 두 사람이 넘긴
쌩쌩이 개수를 세고 있었
어요.

정우진

"사십칠, 사십팔……. 우와, 이러다 백 개까지 하는 거 아냐?"

오십 개가 넘어가자 강한이는 얼굴이 시뻘게지고 힘들어 보였어요.

"오십오, 오십육……, 앗! 강한이가 걸렸다."

줄이 발에 걸리자, 강한이가 아쉬운 표정을 지으며 자리에 털썩 앉았어요. 그런데 정우진은 아직도 쌩쌩이를 하고 있었지요.

"우아, 정우진 진짜 대단하다."

강한이

후~!

칠십 개 가까이 뛸 무렵, 정우진도 힘이 빠져 줄넘기 줄이 발에 걸렸지요. 아이들은 모두 박수를 치며 정우진 이름을 외쳤어요. 그때 스톱워치를 들고 있던 아이가 말했어요.

"역시, 2단 쌩쌩이 최강은 정우진이야. 이제 우진이한테 도전할 사람은 아무도 없을걸!"

그때 갑자기 수연이 손가락에 끼워진 인기 팡팡 인싸 반지의 별 모양 보석이 분홍빛으로 빛났어요.

'어? 반지가 또 차가워진 것 같아.'

그런 생각을 하는 찰나, 손이 저절로 번쩍 들렸어요.

"내가 도전해 볼게."

다들 휘둥그레져서 수연이를 보았어요. 보라가 놀라서 수연이에게 말했어요.

"수연아, 왜 그래? 너 정말 자신 있어?"

수연이는 손을 잘못 든 거라고 말하고 싶었어요. 그런데 입도 몸도 뜻대로 되지 않았어요. 수연이는 성큼성큼 앞으로 가 강한이가 건네주는 줄넘기를 받았지요.

'아이, 정말 왜 이러지? 이 반지 때문인가?'

수연이가 반지를 보며 이런 생각을 하고 있는데, 스톱

워치를 든 아이가 말했어요.

"자, 그럼 내가 '시작'이라고 하면 시작하면 돼. 시~작!"

시작 소리와 함께 수연이의 몸은 공중을 붕 날아올랐어요. 수연이의 몸은 깃털처럼 가벼워졌어요. 그리고 수연이의 손은 아주 재빨리 줄넘기 줄을 '윙윙' 하고 넘겼어요.

"와! 엄청 빨리 돌린다!"

아이들은 쌩쌩이 개수를 세기 시작했어요. 수연이는 너무 놀랍고, 신기했어요. 평소에는 2단 쌩쌩이를 할 때 몇 개만 해도 줄이 발에 걸리고 엄청 힘들었는데, 오늘은 몸이 정말 가볍고 하나도 힘들지 않았지요.

'이게 꿈인가?'

수연이가 이런 생각을 하고 있는데, 아이들이 소리쳤어요.

"구십팔, 구십구, 백…… 와, 대박! 백 개나 했어."

백 개라는 말에, 수연이의 손이 멈추었어요. 줄넘기가 끝나자, 수연이는 엄청 숨이 찼어요. 꿈이 아니었어요. 아이들은 모두 수연이 이름을 외치며 박수를 쳤어요. 보라가 수연이에게 달려와 말했어요.

"수연아, 정말 대단해! 언제 이렇게 쌩쌩이를 연습한 거야?"

수연이는 얼떨떨했어요. 아이들은 한동안 수연이 주변에 모여 대단하다며 칭찬해 주었어요. 처음 받는 관심에 수연이는 기쁘기도 하고, 정신이 하나도 없었어요. 운동장 밖을 나가며 보라가 말했어요.

"수연아, 진짜 멋졌어! 정우진을 이기다니! 너도 인싸 되겠는걸!"

수연이는 인싸 중의 인싸

다음 날 아침, 학교로 걸어가는데 수연이를 본 친구들이 다가와 말했어요.

"수연아, 너 어제 정우진을 이겼다며? 어떻게 백 개나 했어? 정말 대단하다. 어제 네가 쌩쌩이할 때 애들이 너 동영상으로 찍은 거 봤어. 진짜 멋지더라!"

친구들은 수연이에게 어떻게 하면 쌩쌩이를 잘할 수 있는지 물었어요. 수연이는 높이 뛰면서 몸을 살짝 구부리면 줄이 발에 걸리지 않고 많이 돌릴 수 있다고 말해

주었어요. 적당히 지어낸 말이었지만, 친구들은 모두 감탄하며 말했어요.

"아, 그렇구나. 나도 그렇게 해 봐야겠다!"

친구들 칭찬에 수연이는 어깨가 으쓱해졌어요. 수연이가 교실에 들어가자, 반 친구들까지 모두 수연이 주변을 둘러싸고 쌩쌩이에 대해 물었어요. 수연이는 아까 했던 말을 똑같이 해 주었어요.

"수연아, 너 원래 그렇게 줄넘기 잘했어?"

"너 그럼, 그냥 줄넘기는 한 시간 내내 할 수 있겠네?"

아이들은 쉬는 시간에도 수연이한테 몰려와 끊임없이
질문을 했고, 수연이는 일일이 다 대답해 주느라 목이
아플 정도였지요. 처음 느껴 보는 많은 관심에 수연이는
낯설면서도 기분이 좋았어요.

학교를 마치고 집으로 가는 길에도 다른 반 친구들이
수연이 주변에 모여들어 쌩쌩이에 대해 물어보았지요.
수연이는 같은 말을 정말 여러 번 했어요. 그래도 지겹
지 않고, 말할 때마다 신이 났어요.

집에 와서 간식을 먹고, 피아노 학원을 가려고 가방을 챙겼어요. 그런데 또다시 인기 팡팡 인싸 반지의 별 모양 보석이 분홍빛으로 빛나며 반지가 얼음처럼 차가워졌어요. 그리고 또 수연이의 손을 이끌었어요. 수연이의 손은 하마 요리사의 요리 과학 시리즈를 챙기기 시작했어요. 그러더니 시리즈 여덟 권을 몽땅 피아노 학원 가방 안에 넣었어요.

'어, 왜 이러지? 마법 반지가 또 스스로 작동하는 건가?'

수연이는 가방에서 책을 꺼내고 싶었지만,

그럴 수 없었어요. 수연이의 손이 벌써 묵직한 가방을
번쩍 들어 어깨에 척 메고 있었거든요. 현관문을 나서려
는데, 엄마가 불렀어요.

"수연아, 가방에 뭐 들었어? 왜 그렇게 가방이 무거워
보여?"

수연이의 몸은 반지가 이끄는 대로만 움직였어요. 수
연이는 대답도 않고, 서둘러 현관문을 나갔지요. 피아노
학원에 도착하자, 자기 차례를 기다리는 친구들이 꽤 많

앗어요. 다들 읽었던 하마 요리사의 요리 과학 시리즈를
또다시 펼쳐 놓고 지루해 하고 있었지요. 수연이가 탁자
에 가방을 내려놓으며 말했어요.

"얘들아, 나 '하마 요리사의 요리 과학 시리즈' 전권 다
갖고 왔어. 이거 읽을 사람은 빌려 줄게."

아이들이 모두 수연이에게 모여들었어요.

"와, 수연아! 넌 이거 다 있는 거야? 나 6권 읽고 싶은
데 있어?"

"그럼, 여기 있어. 자!"

"안 그래도 8권 살까 했는데. 수연아, 고마워!"

"전권 다 있어서 수연이는 좋겠다. 나 7권 빌려 갈게."

친구들은 피아노 학원을 마치고 가면서, 집에 가져가
서 봐도 되냐고 수연이한테 물었어요. 수연이는 평소와
다르게 고개를 끄덕였어요. 인기 팡팡 인싸 반지가 수연
이의 머리를 끄덕이게 했거든요. 다음 날 쉬는 시간이

되자, 집에 책을 가져간 친구들이 수연이네 반에 찾아와서 돌려주었어요. 그 때문에 쉬는 시간에 수연이를 만나러 온 다른 반 친구들로 교실은 북적북적했어요.

수업을 마칠 때쯤, 선생님이 도서관에서 책을 빌려 읽으라고 하셨어요. 수연이가 어떤 책을 읽을까 고민하고 있는데, 인기 팡팡 인싸 반지의 별 모양 보석이 분홍빛으로 변하며 차가워졌어요. 그러더니 수연이의 손을 이끌었어요. 수연이는 반지가 이끄는 대로 손을 맡겼어요. 반지는 두툼한 책을 집어 들었어요.

"깔깔 코믹 수수께끼 사전? 왜 이걸 골랐지?"

수연이는 도서관 책상에 앉아 반지가 골라 준 '깔깔 코믹 수수께끼 사전'을 읽었어요. 제목대로 재미있는 수수께끼가 아주 많았어요. 친구들에게 책에 있는 수수께끼를 내면 재미있겠다고 생각했지요. 집으로 가는 길, 여러 명의 친구가 수연이 옆을 함께 했어요. 수연이는 책

에서 읽은 수수께끼를 내었어요.

"얘들아, 내가 재미있는 수수께끼 하나 낼까?"

"그래!"

"엄마도 아빠도 자꾸 하라고 하는 욕은?"

"어……, 뭐지?"

"뭐야? 수연아 모르겠어. 답이 뭐야?"

수연이가 빙그레 웃으며 답을 알려 주었어요.

"정답은 목욕!"

아이들은 다들 재미있다며 깔깔대고 웃었어요. 그 뒤
로도 수연이는 책에서 본 재미있는 수수께끼를 더 내고,
아이들은 좋아하며 말했어요.

"나는 그동안 수연이가 말 없고 조용한 친구인 줄 알았
는데, 이렇게 재미있는 줄 몰랐어."

"맞아, 맞아! 수연이 진짜 재밌어. 수연아, 우리 집에
놀러 갈래?"

"그래, 수연아! 우리랑 같이 놀자."

인기 팡팡 인싸 반지를 낀 날부터 수연이는 어느새 늘 친구들에 둘러싸여 있었지요. 그리고 피아노 학원에서도 수연이를 기다리는 아이들이 많아졌어요. 수연이는 진짜 '인싸 중의 인싸'가 되고 있었어요.

인기가 많으면 마냥 행복할 줄 알았는데!

한동안 아이들은 수연이를 보면 쌩쌩이를 해 보라고 난리였어요. 수연이도 인기 팡팡 인싸 반지의 힘을 빌려, 다시 한 번 멋지게 쌩쌩이를 해 보고 싶었어요. 그런데 이상하게 친구들 앞에서 하려고 하면 인기 팡팡 인싸 반지가 작동을 하지 않았어요. 그래서 발목을 삐어서 지금은 안 된다고 거짓말을 했어요. 또 다행인 건, 지난주부터 계속 비가 와서 그 핑계로 줄넘기를 하지 않았어요.

인싸가 되고부터 수연이는 늘 피곤해요. 오늘도 늦잠을 잤어요. 그렇다고 밤늦게까지 안 잔 것도 아니에요. 초저녁부터 자는데도 그래요. 저녁만 먹고 나면 쏟아지는 잠 때문에 숙제를 못 해 간 적도 몇 번 있었어요. 학교랑 학원에서는 생기 넘치다가도 집에만 오면 피곤이 쏟아졌어요. 일어날 시간이 한참 지났는데도 자고 있자, 엄마가 수연이를 깨우러 방으로 들어왔어요.

"수연아, 빨리 일어나서 아침 먹어. 요즘 도대체 뭘 하느라 이렇게 피곤해 하니? 참, 어젯밤에 보라랑 예나한테서 전화 왔었어."

요즘 수연이가 새로운 친구들과 어울리느라 예나랑 보라와 이야기를 나눈 게 언제인가 싶어요. 그러고 보니 그저께 보라가 주말에 어딘가 함께 놀러 가자고 말했던 것 같기도 했어요. 제대로 대답을 했는지도 기억이 가물가물해요. 수연이는 겨우겨우 일어나 세수를 했어요. 그

리고 반쯤 눈을 감고 아침을 먹었어요. 먹는 둥
마는 둥 아침을 먹은 뒤, 책가방을 챙기면서
필통을 열었어요.

"아, 새로 산 '하마 요리사' 캐릭터 샤프
하나는 남겨 둘걸. 괜히 애들 다
줘 버렸네."

하마 요리사 캐릭터가 그려진 샤프는 얼마 전 마트에
갔을 때 수연이가 엄마를 졸라 산 거였지요. 세 자루가
한 세트였는데, 예전 같으면 예나랑 보라랑 셋이서 하나
씩 나누어 가졌을 거예요. 그런데 인싸 반지를 끼고부
터 수연이는 인심이 후해졌어요. 친구들이 갖고 싶다고
하면, 그냥 다 선물로 주곤 했어요. 학용품이 하나둘 없
어져서 금방 새로 사야 했어요. 엄마한테는 잃어버렸다
고 거짓말을 하고 용돈을 다시 받으니 마음도 찝찝했어
요. 하루 종일 아이들에 둘러싸여 쾌활한 목소리로 인사

하고, 재미있는 이야기로 아이들을 즐겁게 해 주고 집에 오면 온 힘이 다 빠져요. 인기가 많으면 마냥 행복할 줄 알았는데, 꼭 그렇지도 않은 것 같았어요.

가방을 챙겨서 학교로 가려고 하는데, 텔레비전에서 블랙레드 언니들의 새로 나온 노래가 나왔어요. 갑자기 인싸 반지가 수연이 몸을 마음대로 움직였어요. 어느새 수연이의 팔다리는 블랙레드 언니들의 춤 동작을 따라 하고 있었지요. 부엌에서 설거지를 하던 엄마가 수연이를 보며 말했어요.

"수연아, 왜 안 가고 있어? 얼른 학교 가!"

수연이도 그만 추고 싶은데 몸이 말을 듣지 않았어요. 인싸가 되려면 최신 유행 춤 정도는 잘 춰야 하거든요. 그래서 인싸 반지가 작동하는 것 같았어요. 엄마가 고무장갑을 낀 손으로 텔레비전을 껐어요. 그제서야 인싸 반지도 작동이 멈추었어요. 괜히 인싸 반지 때문에 엄마한

테 혼나고 집을 나섰지요.

뛰어서 학교에 갔더니 다행히 늦지는 않았어요. 책가
방을 자리에 놓고 화장실을 먼저 갔어요. 아침 먹은 게
탈이 난 건지 배가 살살 아팠거든요. 화장실에 앉아 있
는데, 귀에 익은 목소리들이 들렸어요.

"요즘 수연이는 내 전화도 잘 안 받아. 우리랑은 이제
안 놀려나 봐."

보라 목소리였어요. 어제 전화를 안 받아서 뽀로통한
것 같았지요.

"맞아. 어제도 내가 방송 댄스 교실에 같이 가자고 했
는데, 다른 애들이랑 먼저 간 것 있지!"

이번에는 예나 목소리였지요.

"쉬는 시간에도 맨날 다른 애들이랑만 어울리고. 수연
이 정말 너무해! 내가 주말에 너랑 셋이서 수영장에 함께 가자고 했던 말도 아마 잊고 있을걸!"

보라 말에 수연이는 하마터면 '아, 맞다! 수영장!'이라고 말할 뻔 했어요. 주말에 수영장 가기로 한 걸 깜빡 잊고 있었거든요. 곧, 화가 담뿍 담긴 예나의 목소리가 들렸어요.

"수연이 좀 변한 것 같지 않아? 예전에는 내가 블랙레드 언니들 춤추면 잘하는 부분을 칭찬해 줬는데, 지금은 못 하는 부분만 콕콕 찝어서 지적해. 물론 그것도 내가 더 잘하라고 해 주는 말이지만, 왠지 좀 얄밉게 느껴져. 그리고 자기가 더 잘 춘다며 내 앞에서 잘난 체하는데… 너무 속상하고 부끄러웠어."

수연이는 화장실 안에서 숨소리도 내지 않고 가만히 듣고만 있었어요. 인싸 반지를 끼고부터 다른 친구들과 친하게 지내느라 예나와 보라랑 어울리지 않았던 건 사실이니까요. 그리고 블랙레드 언니들의 춤은 수연이가 원해서 한 게 아니라 인싸 반지가 시켜서 춘 거였어요. 수연이는 원래 그렇게 춤을 잘 추지 않았는데, 너무 잘 추는 자기 모습이 신기하고 좋아서 더 신나게 췄었어요. 그런데 예나가 저렇게 속상해하는지 미처 몰랐어요. 보라와 예나가 손을 씻고 나간 뒤, 혼자 남겨진 수연이가 중얼거렸어요.

"아이 정말! 이게 다 '인기 팡팡 인싸 반지' 때문이야. 인기만 많으면 뭐 해! 단짝 친구들 마음도 서운하게 하면서. 이제 이거 그만 낄래."

수연이가 인싸 반지를 빼려고 했어요. 그런데 아무리 당겨도 반지가 빠지지 않았지요.

"아, 이거 왜 이렇게 안 빠져. 어떡해?"

이게 다 반지 때문이야!

수업 시간에도 책상 밑에 손을 넣어 끊임없이 손가락에 낀 인싸 반지를 당겨 보았지만 반지는 꼼짝도 하지 않았어요. 그러다 문득, 반지 상자에 끼워져 있던 마법 반지 사용 설명서가 생각났지요. 뒷면에 '마법 반지 주의 사항' 같은 게 쓰여 있던 것도 생각났어요.

'맞아! 거기에 반지 빼는 방법도 적혀 있을지 몰라.'

학교를 마치고, 수연이는 함께 가자는 친구들에게 미안하다고 말하고는 급히 집으로 갔어요. 반지 상자는 책상 서랍에 두었어요. 수연이가 반지 상자를 열어 설명서를 꺼내 읽었어요.

"마법 반지 주의 사항. 인기는 물거품 같은 것. 반지는
당신을 인싸로 만들어 주는 대신, 소중한 사람들과 멀어
지게 합니다⋯⋯."

설명서를 읽던 수연이의 목소리가 떨렸어요.

"뭐야! 이걸 왜 못 봤지?
으앙, 나 어떡해!"

'물거품 주문'을 외워야 한다고?

수연이는 마법 반지 주의 사항을 뒷부분까지 꼼꼼히
읽었어요.

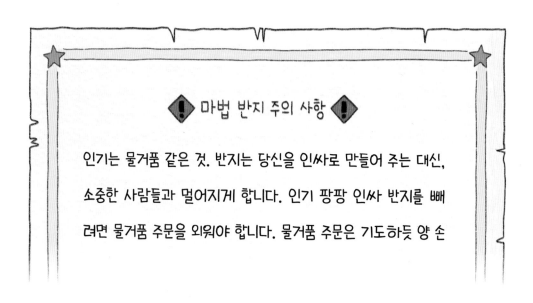

◆ 마법 반지 주의 사항 ◆

인기는 물거품 같은 것. 반지는 당신을 인싸로 만들어 주는 대신,
소중한 사람들과 멀어지게 합니다. 인기 팡팡 인싸 반지를 빼
려면 물거품 주문을 외워야 합니다. 물거품 주문은 기도하듯 양 손

바닥을 맞대고 마음속으로 '반지야, 물거품처럼 사라져라.'라고 말하면 됩니다. 마법 반지가 스스로 작동할 때마다 물거품 주문을 외우면 됩니다. 물거품 주문 한 번으로 반지가 빠지지 않습니다. 사람에 따라서 여러 번, 또는 수백 번이 될 수 있습니다.

마법 반지 주의 사항을 읽던 수연이가 놀라서 말했어요.

"반지를 빼려면 물거품 주문을 외워야 한다고? 그것도 수백 번이나? 아, 빼는 건 왜 이렇게 어려워?"

수연이는 마법 반지 설명서를 다시 서랍에 넣었어요. 그때 거실에서 엄마가 수연이에게 말했어요.

"수연아, 엄마 지금 마트 가. 그 사이에 너는 피아노 학원에 다녀와."

"알겠어!"

수연이는 가방을 챙겨 피아노 학원으로 가려고 했지요. 그런데 인싸 반지의 별 모양 보석이 분홍빛으로 변하더니 반지가 차가워졌어요. 수연이의 손에 하마 요리사의 요리 과학 시리즈 최신판을 집어 들게 했지요. 이건 어제 산 거라서 수연이도 아직 덜 읽은 책이에요. 그런데 인싸 반지가 또 이 책을 피아노 학원에 가져가게 하려는 거예요. 수연이가 얼른 주문을 외웠어요.

'반지야, 물거품처럼 사라져라!'

인싸 반지 별 모양 보석에 빛이 꺼졌어요.

"아 참, 두 손을 이렇게 모으고 주문을 외워야 한다고 했지?"

수연이는 양 손바닥을 모으고 다시 주문을 외웠어요. 그러자 얼음처럼 차갑던 반지가 따뜻해졌어요. 수연이는 인싸 반지를 살살 당겨 보았어요.

"아, 아직도 안 빠져."

수연이는 마법 반지 주의 사항에 적혔던 인싸 반지가 소중한 사람들과 멀어지게 한다는 내용이 계속 마음에 걸렸어요. 그래서 어떻게 하면 예나와 보라의 마음을 달래 줄 수 있을지 고민이 되었어요. 갑자기, 예전에 예나와 보라가 하마 요리사 열쇠고리를 갖고 싶어 했던 것이 떠올랐어요. 그런데 수연이한테는 지금 열쇠고리를 살 돈이 없었지요. 그때 수연이 눈에 고무찰흙이 보였어요.

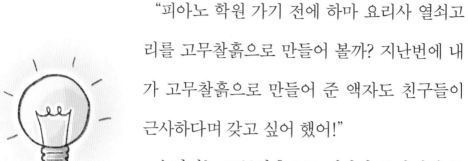

"피아노 학원 가기 전에 하마 요리사 열쇠고리를 고무찰흙으로 만들어 볼까? 지난번에 내가 고무찰흙으로 만들어 준 액자도 친구들이 근사하다며 갖고 싶어 했어!"

수연이는 고무찰흙으로 예나와 보라에게 줄 열쇠고리를 정성껏 만들었어요.

그리고 예나에게 전화를 했지요. 예나는 전화를 받지 않았어요. 그러고 보니 이 시간에는 예나가 학습지 수업을 해요. 수연이는 학습지 수업이 끝날 시간쯤에 예나 집으로 갔어요. 예나 집 문 앞에서 수업을 마치고 나오는 학습지 선생님과 예나를 만났어요. 예나가 학습지 선생님께 인사한 뒤 놀라서 물었어요.

"어? 수연이 네가 여기 웬일이야?"

"예나 너 만나려고 왔어. 네가 전화를 안 받길래."

예나는 뾰로통한 얼굴로 대답했어요.

"응, 나 수업 중이었어. 그런데 왜 온 거야?"

"네가 속상해 하는 것 같아서. 그동안 네가 전화했을 때 전화도 안 받고, 또 네가 블랙레드 언니들 춤출 때 뭐라 하면서 내가 좀 잘난 척 한 것 같아서. 예나야, 다 미안해."

수연이 말에 예나는 조금 놀란 듯 눈이 동그래져서 말했어요.

예나야!

"어? 아니…. 좀 속상하기는 했는데…… 그래, 그동안 네가 우리랑은 안 놀고 다른 애들이랑만 어울려 다니니까 서운했어. 전화 안 받는 것도 화가 났고. 그리고 블랙레드 언니들 춤 지적하는 건…… 좀 속상했는데, 내가 너무 예민하

게 받아들인 것 같기도 해. 그래도 네가 사과해 줘서 이
제 다 괜찮아."

수연이는 빙그레 웃으며 말했어요.

"휴, 다행이다. 네가 사과 안 받아 주면 어떡하나 걱정
했는데. 참, 내가 고무찰흙으로 '하마 요리사 열쇠고리'
를 만들었는데…. 너랑 보라 주려고. 그거 다 굳으면 내
일 가져다줄게."

"아, 정말? 기대된다. 고마워. 아, 너 주말에 보라랑 셋
이 수영장 가기로 한 거 잊지 않았겠지?"

예나 말에 수연이는 손가락으로
오케이 모양을 하며 대답했어요.

"그럼! 당연하지."

예나가 수연이 어깨에 메어진 피
아노 가방을 보며 말했어요.

"수연아, 너 피아노 학원 가는 길

어?

이었어?"

"아! 맞아. 이제 피아노 학원에 가야 해."

"응, 그럼 나도 도서관 가야 하니까 같이 가자."

수연이는 큰길까지 예나랑 함께 갔어요. 예전처럼 예나랑 이야기를 나누니 뭔가 마음이 편안해졌어요.

피아노 학원에 도착하니, 학원에는 수연이를 기다리고 있는 친구들이 많았어요. 친구들은 기대에 찬 표정으로 물었어요.

"수연아, 너 하마 요리사의 요리 과학 최신판 갖고 왔어? 너 그거 샀다며?"

"어? 나 그거 아직 덜 읽어서 안 가져왔는데?"

"에이, 그렇구나. 너 그거 다 읽으면 피아노 학원에 꼭 가져와서 빌려줘야 해. 알았지?"

"그래, 알았어."

친구들이 수연이를 기다린 줄 알았는데, 새 책을 빌리

려고 기다린 걸 알고 수연이는 조금 서운했어요.

피아노 수업을 마친 친구들이 수연이에게 클라이밍 연습장을 함께 가자고 했어요. 큰길가 청소년문화센터에 클라이밍 연습장이 생겼는데, 요즘 수연이네 학교 아이들에게 인기예요. 그렇지만 높은 곳에 올라가는 걸 무서워하는 수연이는 내키지 않았어요.

"응? 난 좀 별로⋯⋯."

"수연아, 같이 가자. 클라이밍에 단계가 있는데, 지난주 정우진이 노랑 단계까지 올랐대. 나한테 쿠폰이 있어서, 너는 공짜로 체험할 수 있어. 가자? 응?"

그러자 인싸 반지의 별 모양 보석이 분홍빛으로 빛나며 반지가 차가워졌어요. 아마 인싸 반지가 클라이밍 연습장에 가겠다고 할 모양이에요. 수연이는 재빨리 양 손바닥을 모으고 마음속으로 물거품 주문을 외웠어요. 반지가 힘을 잃자, 수연이가 말했어요.

"애들아, 진짜 미안해. 너희들끼리 가서 재미있게 놀아."

"아이, 아쉽다. 수연이도 같이 가면 좋을 텐데……."

집으로 돌아오는 길에 수연이는 생각했어요.

'인싸가 되려고 하기 싫은 일까지 억지로 참으면서 할 필요는 없어. 그래, 물거품 주문을 외운 건 잘한 일이야.'

저녁에, 수연이는 보라에게 전화를 해서 그동안 서운 했던 보라의 마음도 달래 주었어요. 그리고 낮에 보라와 예나에게 주려고 만든 고무찰흙 하마 요리사 열쇠고리 가 딱딱하게 굳어서 내일쯤이면 학교에 가져 갈 수 있다 고 알려 주었어요.

반지가 사라졌어!

수연이는 지난 밤 보라와 통화를 해서 화해를 했어요. 그래서 아침부터 기분이 좋았어요. 학교 가는 길에 저 멀리 친구들이 보였어요. 친구들은 수연이를 보더니 우르르 몰려왔어요.

"어, 수연이다. 수연아, 우리 주말에 놀이동산 갈 건데 같이 가자. 네가 가면 더 재미있을 것 같아. 함께 갈 거지?"

이번 주 주말이라면 예나랑 보라랑 수영장에 가기로 했어요. 놀이동산이라는 말에 수연이는 살짝 흔들렸어

요. 그리고 '네가 가면 더 재미있을 것 같아.'라는 말에
는 가슴이 콩닥콩닥 뛰었어요. 그러자 가만히 있던 인싸
반지 별 모양 보석이 분홍빛으로 빛났어요. 수연이가 고
민하는 사이 반지는 차가워졌어요. 반지가 또다시 수연
이의 몸을 움직이게 하려는데, 수연이가 번뜩 정신을 차
렸어요.

'안돼. 반지야, 물거품처럼 사라져라!'

수연이는 양 손바닥을 모으고 물거품 주문을 외웠어요. 그러자 반지의 힘이 사라졌어요. 수연이는 친구들을 보며 아쉬운 표정으로 말했어요.

"얘들아, 미안. 나 주말에 다른 약속이 있어. 놀이동산은 너희들끼리 가."

아쉬워하는 친구들을 뒤로하고 수연이는 교실로 들어갔어요. 교실에는 예나랑 보라가 먼저 와서 이야기하고 있었어요. 수연이는 필통에서 하마 요리사 열쇠고리를 꺼내 둘에게 건네며 말했어요.

"예나야, 이거 내가 만든 하마 요리사 열쇠고리야. 이건 보라 거."

수연이가 내미는 열쇠고리를 보며 보라가 말했어요.

"와! 진짜 파는 것처럼 잘 만들었다. 수연아, 고마워. 우리 주말에 수영장 가서 신나게 놀자!"

예나도 기분 좋게 말했어요.

"수연이는 진짜 금손이야. 열쇠고리 정말 예쁘다. 수연아, 고마워. 주말에 물총이랑 공은 내가 챙겨 갈게."

예나랑 보라가 좋아하는 모습을 보니 수연이도 기분이 좋았어요. 자리에 앉아 연필을 꺼내려는데 사인펜이 수연이 손에 묻었어요. 사인펜 뚜껑이 열려 있는 줄 몰랐어요. 수연이는 지저분해진 손을 씻으러 화장실로 갔어요. 손에 물을 묻혀 사인펜이 묻은 부분을 보드득보드득 문질렀어요. 그리고 흐르는 물에 손을 헹구었어요. 그런데 이상하게 물에서 뽀글뽀글 거품이 많이 나는 것 같았어요.

"너무 세게 틀어서 그런가?"

수연이는 손을 힘껏 빡빡 문지른 뒤 꼭지를 잠갔어요.

손을 닦던 수연이는 뭔가 허전한 것을 느꼈어요. 손가락을 보니, 인기 팡팡 인싸 반지가 사라진 거예요!

"와! 드디어 사라졌어."

아마 손을 씻을 때 인싸 반지도 없어진 것 같아요. 마법 반지 주의 사항을 읽었을 때 '인기는 물거품 같은 것'이라고 하더니, 인싸 반지도 정말 물거품처럼 사라졌어요. 아까 손을 씻을 때, 왜 이렇게 톡톡 터지는 거품이 날까 했는데 반지가 물거품을 일으켜서 그런 것 같아요. 반지 없는 손가락을 보며 수연이는 생각했어요.

사라졌어!

'인싸 반지가 없어졌으니 이제 인싸는 안 되겠지? 그래도 아깝지 않아. 힘들게 인싸로 사는 것보다 인기는 없어도 예전처럼 편하게 사는 게 더 좋아.'

며칠 뒤, 수연이는 아이스크림을 사러 가는 길에 한빈이를 만났어요. 한빈이는 엄마 심부름으로 '꿀맛 빵집'에 간다고 했어요.

"수연아, 꿀맛 빵집 옆에 구두 가게가 새로 생겼어. 거기 멋진 운동화도 많더라."

"뭐? 꿀맛 빵집 옆에는 별별 자판기 가게가 얼마 전에 새로 생겼는데. 너 잘못 본 거 아니야?"

수연이 말에 한빈이는 고개를 갸우뚱하며 대답했어요.

"그럴 리 없는데? 꿀맛 빵집 옆에는 한동안 빈 가게였어. 오늘 처음 구두 가게로
문을 여는 거야!"

꿀맛 빵집

빵

빵

꿀맛 빵집

한빈이 말이 믿기지 않아 수연이는 한빈이랑 함께 새
로 생겼다는 구두 가게로 갔어요. 정말 꿀맛 빵집 옆에
는 번쩍번쩍 새 간판을 단 구두 가게가 있었지요.

"거 봐! 내 말 맞지?"

수연이는 어리둥절해서 눈만 끔벅거렸어요. 구두 가게 간판에는 분홍색 별이 붙어 있고, '분홍별 구두 가게'라고 적혀 있었지요. 분홍색 별 모양이 꼭 인싸 반지에 붙어 있던 보석이랑 닮았다고 수연이는 생각했어요. 그때 가게 안에, 뽀글뽀글 파마머리에 붉은 안경을 낀 아줌마가 밖을 내다보고 있었어요. 수연이 눈이 동그래졌어요.

'어, 저 아줌마는…… 반지 요정을 닮은 그 아줌마?'

아줌마와 수연이의 눈이 딱 마주쳤어요. 그러자 아줌마는 새빨간 입술로 씩 웃으며 수연이에게 손을 흔들었어요. 놀란 수연이가 말했어요.

"한빈아, 나 먼저 갈게."

수연이는 허둥지둥 도망치듯 집으로 달렸어요. 또다시 이상한 일이 일어나면 안 되니까요.

어린이책 33

인기 팡팡 인싸 반지

펴낸날 초판 1쇄 발행 2025년 2월 25일

글쓴이 송승주 | **그린이** 간장
편집 박종진 | **디자인** 이상원 | **홍보마케팅** 이귀애 이민정 | **관리** 최지은 강민정
펴낸이 최진 | **펴낸곳** 천개의바람 | **등록** 제406-2011-000013호
주소 서울시 영등포구 양평로 157, 1406호
전화 02-6953-5243(영업), 070-4837-0995(편집) | **팩스** 031-622-9413

ⓒ송승주·간장, 2025 | ISBN 979-11-6573-611-8 73810

* 이 책은 저작권법에 따라 보호받는 저작물이므로 무단전재와 무단복제를 금지하며,
  이 책 내용의 전부 또는 일부를 이용하려면 반드시 저작권자와 천개의바람의 서면 동의를 받아야 합니다.

* 잘못 만든 책은 구입하신 서점에서 바꾸어 드립니다. 천개의바람은 환경을 위해 콩기름 잉크를 사용합니다.
* 종이에 베이거나 긁히지 않도록 조심하세요. 책 모서리가 날카로우니 던지거나 떨어뜨리지 마세요.

제조자 천개의바람 **제조국** 대한민국 **사용연령** 8세 이상